Le voyage sur la Lune

L'auteur : Mary Pope Osborne a écrit plus de quarante livres pour la jeunesse récompensés par de nombreux prix. Elle vit à New York avec son mari, Will, et Bailey, un petit terrier à poils longs. Tous trois aiment retrouver le calme de la nature, dans leur chalet en Pennsylvanie.

L'illustrateur : Philippe Masson, né à Rennes en 1965, est issu d'une famille de marins bretons. Actuellement, il vit à Tours avec son amie et ses deux enfants, Lucas et Mona. Depuis 1997, il réalise les dessins de « Marion Duval » d'Yvan Pommaux pour le magazine *Astrapi*.

À Jacob et Elena Levi, à Aram et Molly Hanessian.

Titre original : *Midnight on the Moon*
© Texte, 1996, Mary Pope Osborne.
Publié avec l'autorisation de Random House Children's Books,
un département de Random House, Inc., New York, New York, USA.
Tous droits réservés.
Reproduction même partielle interdite.
© 2005, Bayard Éditions Jeunesse
© 2003, Bayard Éditions Jeunesse pour la traduction française
et les illustrations.

Conception et réalisation de la maquette : Isabelle Southgate.
Colorisation de la couverture ; illustrations de l'arbre, de la cabane
et de l'échelle : Paul Siraudeau.
Suivi éditorial : Karine Sol.

Loi n° 49 956 du 16 juillet 1949
sur les publications destinées à la jeunesse.
Dépôt légal : septembre 2005 – ISBN : 2 7470 1840 7
Imprimé en Allemagne par Clausen & Bosse

La Cabane Magique

Le voyage sur la Lune

Mary Pope Osborne

Traduit et adapté de l'américain
par Marie-Hélène Delval

Illustré par Philippe Masson

SIXIÈME ÉDITION

BAYARD JEUNESSE

Léa

Prénom : Léa

Âge : sept ans

Domicile : près du bois de Belleville

Caractère : espiègle et curieuse

Signes particuliers : ne manque jamais une occasion d'entraîner son frère Tom dans des aventures mouvementées, sans se soucier du danger.

Tom

Prénom : Tom

Âge : neuf ans

Domicile : près du bois de Belleville

Caractère : studieux et sérieux

Signes particuliers : aime beaucoup
les livres, qui l'aident à se sortir
de situations périlleuses.

Les quatre premiers voyages de Tom et Léa

Un jour d'été, dans le bois de Belleville, Tom et sa petite sœur, Léa, découvrent une cabane, perchée tout en haut du plus grand chêne. La cabane est pleine de livres.

Mais, surtout, c'est une

cabane magique !

Il suffit d'ouvrir un livre, de poser le doigt sur une image en souhaitant se trouver à l'endroit représenté, et on y est aussitôt transporté !

Tom et Léa ne gardent de leurs voyages que de **bons souvenirs**, même si parfois ils se sont trouvés dans des situations bien

dangereuses !

Souviens-toi…

Tom a échappé de justesse au terrible tyrannosaure.

Léa s'est perdue dans les sombres corridors d'une pyramide.

Les deux enfants ont dû plonger dans les douves du château fort.

Ils ont été les prisonniers du capitaine Bones.

Mais, au terme de ces quatre aventures, nos deux héros ont découvert que la cabane appartenait à la *fée Morgane*, une magicienne et une célèbre bibliothécaire qui voyage d'âge en âge et de pays en pays pour rassembler des livres.

La disparition de la fée Morgane

Mais qu'est-il arrivé à la fée Morgane ?
Tom et Léa ont trouvé dans la cabane
magique un message alarmant...

Morgane est en danger :

on lui a jeté
un mauvais sort !
Il faut la délivrer !

Pour cela, nos deux héros doivent

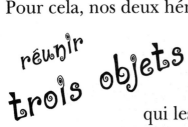

qui les mettront sur la piste,
mais... quels objets ?
Ils n'en savent rien !

Lis bien les trois livres dans l'ordre,
peut-être résoudras-tu ce mystère avant eux !

N° 5, Sur le fleuve Amazone
N° 6, Le sorcier de la préhistoire
N° 7, Le voyage sur la Lune

À toi d'enquêter ! Bon voyage !

Résumé des tomes précédents

★ ★ ★

Après avoir exploré la forêt amazonienne, escortés par leur nouvelle amie, Cacahuète la souris, Tom et Léa rapportent une mangue. Ils découvrent ensuite l'époque glaciaire et un mystérieux sorcier leur offre une flûte en os. En griffonnant sur son carnet, Tom se rend compte que le mot *mangue* contient plusieurs lettres de *Morgane*. Et dans le mot *os*, il y a un *O*. Il ne manque plus que la lettre R ! Le mystérieux objet qu'ils doivent maintenant trouver contient sûrement la lettre R ! Mais où le chercher ?

Au clair de la Lune

– Tom !

Le garçon ouvre les yeux. Une silhouette sombre est penchée sur lui :

– Réveille-toi, Tom !

Tom allume sa lampe de chevet et se frotte les yeux. Sa sœur, Léa, est debout à côté du lit, tout habillée :

– Allons à la cabane !

– Quelle heure est-il ? marmonne Tom en mettant ses lunettes.

– On s'en fiche, de l'heure ! Viens !

Tom jette un coup d'œil sur son ré

– Enfin, Léa, il est minuit ! Il fait trop noir dans le bois.

– Pas du tout ! Il y a un clair de lune superbe !

– On ira demain matin.

Mais Léa insiste :

– Pas demain ! Tout de suite ! Il faut qu'on trouve l'objet qui nous manque ! J'ai comme un pressentiment. C'est à cause de la pleine lune, je suis sûre que ça va nous aider.

– Tu m'embêtes ! J'ai envie de dormir.

– Tu dormiras au retour. Tu sais bien que le temps ne passe pas quand on part pour ces voyages magiques !

– Ce que tu peux être casse-pieds ! grogne Tom en s'extirpant du lit.

– Super ! chuchote Léa, tout excitée. Je t'attends en bas.

Et elle sort de la chambre sur la pointe des ... Tom bâille, s'étire, enfile à tâtons ... son pull et ses baskets. Il vérifie

si son carnet et son crayon sont bien dans son sac à dos. Puis il descend prudemment les escaliers. Léa ouvre la porte de derrière et s'apprête à sortir.

– Attends ! la retient Tom. Je prends une lampe torche.

– Pas la peine. Regarde ce clair de lune ! On y voit presque comme en plein jour !

Avec un soupir résigné, Tom emboîte le pas à sa sœur. Léa a raison ! La lune est si brillante qu'ils n'ont vraiment pas besoin de lampe. La petite fille marche d'un pas décidé. Bientôt, les deux enfants quittent leur rue, s'engagent dans le sentier qui mène vers le bois, pénètrent dans l'ombre des arbres. La cabane est par là, en haut du plus haut chêne.

– La voilà ! dit Léa.

La cabane magique scintille, mystérieuse, dans cette lumière argentée. Léa agrippe l'échelle de corde et commence à grimper.

– Doucement ! chuchote Tom.

Il suit sa sœur et s'introduit derrière elle dans la cabane par la trappe.

Un rayon de lune qui passe par la fenêtre fait briller le grand M gravé sur le plancher. Dessus sont posées la mangue de la forêt amazonienne et la flûte en os venue de l'époque glaciaire.

– Plus qu'un objet, et Morgane sera délivrée du mauvais sort ! se réjouit Léa.

– Kiiiiiiii !

– Cacahuète ! s'écrie la petite fille. Tu ne dors pas ?

La souris est assise au beau milieu d'un livre ouvert.

– Tu nous attendais ? s'étonne Léa. Tu savais qu'on viendrait en pleine nuit ?

Elle prend le petit animal dans sa main tandis que Tom s'empare du livre et s'approche de la fenêtre pour y voir plus clair.

– Je t'avais bien dit, grogne-t-il, qu'il fallait prendre une lampe. Je n'arrive pas à lire !

– Regarde juste le titre sur la couverture.

Le titre est écrit en grosses lettres. Tom lit à haute voix : *À la conquête de la Lune.*

Léa pousse un cri :

– Quoi ? On part sur la Lune ?

– Certainement pas ! Il nous faudrait un équipement spécial. Il n'y a pas d'atmosphère, sur la Lune. On ne pourrait pas respirer ! De plus, on mourrait de chaleur le jour, et de froid la nuit !

– Tu as raison, conclut Léa, c'est impossible. Mais, dans ce cas, où on va ?

Tom hausse les épaules :

– Je ne sais pas, moi ! Peut-être dans un centre d'entraînement pour astronautes ? Ce serait génial !

Tom rêve depuis toujours de rencontrer des spécialistes de l'espace !

– Alors, prononce la phrase magique !

Tom ouvre le livre, le feuillette. Sur une image, il distingue un bâtiment en forme de dôme. Il déclare :

– Nous souhaitons visiter ce centre spatial !

Aussitôt, le vent commence à souffler, la cabane à tourner, plus vite, de plus en plus vite. Tom et Léa ont fermé les yeux. Ils ont l'habitude, maintenant ! Ils se laissent emporter par le tourbillon. Puis tout s'arrête. Quel silence ! Quel étrange silence !

La base lunaire

Tom ouvre les yeux et court regarder à la fenêtre. La cabane magique s'est posée sur le sol d'une immense pièce blanche.

– On est dans un centre spatial, tu crois ? demande Léa.

– J'espère !

Tom prend son sac à dos. Il met le livre sous son bras, enjambe le rebord de la fenêtre et saute de l'autre côté. Léa le suit.

Ils regardent autour d'eux : la vaste salle circulaire ne présente aucune ouverture. Les hautes parois incurvées sont incrustées

17

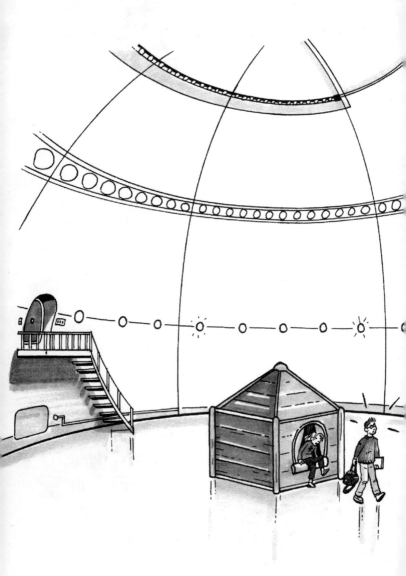

d'un cercle de spots lumineux.

– Hou, hou ! lance Léa.

Pas de réponse.

« Où sont les astronautes et les chercheurs ? » se demande Tom.

– Il n'y a personne, constate Léa.

– Comment tu le sais ?

– Je le sens. Ça me fait une drôle d'impression.

– On va essayer de se repérer, décide Tom.

Il ouvre le livre, cherche l'image du dôme, lit la légende écrite au-dessous :

Une base lunaire a été construite en l'an 2031. Le sommet du dôme coulisse pour laisser les vaisseaux entrer et sortir.

– Ça alors ! souffle Tom.

– Quelque chose ne va pas ?

Tom est si excité qu'il ne trouve même plus les mots :

– On a… on est… On s'est posés dans une base lunaire !

– Et alors ?

– Alors, une base lunaire, c'est sur la Lune !

Léa écarquille les yeux, effarée :

– Tu veux dire que… qu'on est sur la Lune ?

Tom hoche la tête :

– Attends, ce n'est pas tout. Le livre dit qu'une base lunaire a été construite en 2031. Il a donc été écrit *après*. C'est un livre du *futur* !

– Alors, Morgane a voyagé dans le temps pour emprunter un livre dans une bibliothèque du futur ?

– Exact ! dit Tom. Et nous voilà sur la Lune, dans le futur !

– Kiiiiiiii ! Kiiiiiiii !

La souris saute à son tour par la fenêtre de la cabane et se met à courir sur le sol à toute vitesse en décrivant de grands cercles.

– Qu'est-ce que tu as, Cacahuète ? s'inquiète Léa.

Elle essaie de l'attraper, mais la souris file se cacher derrière la cabane.

– C'est sans doute l'idée d'être sur la Lune qui la rend nerveuse.

– Elle n'est pas la seule, soupire Tom en remontant ses lunettes sur son nez.

– Bon, dit Léa. Explique-moi un peu ce que c'est que cette base lunaire.

Tom reprend le livre et lit :

Quand les chercheurs viennent
faire des séjours d'étude
et d'exploration sur la Lune,
ils peuvent dormir et prendre
leurs repas à la base.

– C'est un hôtel de l'espace, quoi !

– Quelque chose comme ça, approuve Tom.

Il continue la lecture :

La base comporte également
une aire d'atterrissage et une réserve
où sont entreposées les combinaisons,
nécessaires pour toute sortie
à l'extérieur. La température
et la circulation de l'air sont
sous contrôle automatique.

– C'est grâce à ça qu'on peut respirer normalement, conclut Tom.

– Parfait ! Maintenant, cherchons le troisième objet pour délivrer Morgane !

– Attends, une minute ! Je veux d'abord relever le plan de la base, dit Tom en ouvrant son carnet.

– Tu relèves ce que tu veux, moi, je visite !

Tom n'écoute pas. Il s'applique à recopier

le schéma du livre. Puis il y ajoute le dessin de la cabane et marque l'emplacement avec un gros X :

– Voilà. On est ici.

Il regarde autour de lui. Léa a disparu.

– Où est-elle encore passée ? grogne-t-il.

Sa sœur a l'agaçante manie de lui fausser compagnie ! Il range dans son sac le livre et le crayon. Il garde son carnet ouvert à la main.

– Kiiiiiiii ! Kiiiiiiii !

La souris est à ses pieds et le regarde, les moustaches frémissantes. Tom l'attrape délicatement et va la remettre dans la cabane :

– Reste là, toi ! Et sois sage ! On reviendra bientôt.

Puis il s'éloigne en appelant :

– Léa !

Bien sûr, elle ne répond pas. Tom examine le plan dessiné sur son carnet. Léa n'a pu partir que dans une seule direction : vers l'escalier qui mène à la sortie, au fond de la salle. Le garçon contourne la cabane, gravit quelques marches…

– Tom ! Viens voir !

Ouf ! Léa est au bout du corridor, plantée devant un large hublot. Juste à côté, on devine la porte du sas donnant sur l'exté-rieur. Tom rejoint sa sœur et regarde. Le spectacle qu'il découvre le laisse sans voix.

– Incroyable ! souffle-t-il enfin.

Sous les yeux ébahis des enfants s'étend une vaste plaine grise et rocailleuse parsemée de profonds cratères et fermée au loin par une chaîne de montagnes. Le soleil brille, mais le ciel est d'un noir d'encre.

– Bonjour, la Lune ! dit doucement Léa.

3

Sésame, ouvre-toi !

– Le troisième objet magique est sûrement dehors, dit Léa.

Près de la porte du sas, il y a un bouton vert sur lequel est marqué « ouverture ». Léa approche son doigt pour appuyer dessus.

– Arrête ! crie Tom. On ne peut pas sortir comme ça, il n'y a pas d'air sur la Lune !

– Zut, c'est vrai ! Il faut pourtant qu'on quitte la base.

– Attends, je regarde ce que dit le livre.

Il le feuillette et trouve une image représentant la surface lunaire. Il lit :

Une journée sur la Lune équivaut
à quatorze jours terrestres.
Comme il n'y a pas d'atmosphère,
la température peut atteindre
125 degrés au soleil,
et - 175 degrés à l'ombre.

Tom se tourne vers sa sœur :
– Tu vois, si tu allais dehors sans protection,
tu serais transformée en Léa congelée ou
en Léa grillée !
– Aïe ! fait la petite fille.
Tom reprend sa lecture :

Les scientifiques qui travaillent sur
la Lune portent des combinaisons qui
les protègent de la chaleur et du froid.
L'équipement est complété par
un réservoir contenant de l'oxygène.

– Bon, dit Léa, il nous faut des combinaisons.

– D'après le plan, on devrait en trouver par là, dans la réserve, indique Tom.

– Regarde donc autour de toi, au lieu de rester le nez dans ton livre ! se moque Léa.

Elle se dirige vers une porte et l'ouvre :

– Super ! Il y a des tonnes d'habits de l'espace, là-dedans !

D'épaisses combinaisons sont accrochées au mur, ainsi que

des sortes de sacs à dos contenant les réserves d'oxygène. Des casques, des gants et des bottes sont alignés sur des étagères.

– On se croirait dans la salle aux armures du château fort, observe Tom. Tu te souviens ? *

– Oui ! Tu avais même essayé un casque, et il était bien trop lourd pour toi ! J'espère qu'on va trouver quelque chose à notre taille !

Ils fouillent, ils essaient. Ils finissent par dénicher deux combinaisons qui leur vont à peu près. Ils se glissent à l'intérieur. Léa aide Tom à fixer sur son dos la réserve d'oxygène et à la brancher. Puis Tom fait de même pour elle. Ils passent ensuite les casques, enfilent les bottes et enfin les gants. Les voilà prêts.

– Je respire ! Ça marche ! hurle Léa.

– Ne crie pas si fort ! proteste Tom. Tu me fais mal aux oreilles ! On communique par contact radio !

* Lire le tome 2, *Le mystérieux chevalier.*

– Oh, pardon, chuchote Léa.

Elle tente péniblement de faire quelques pas et marmonne :

– C'est drôlement lourd, cet attirail. Je peux à peine bouger.

– Ne t'inquiète pas. Dehors, tu te sentiras toute légère : il n'y a presque pas de pesanteur, sur la Lune.

Maladroitement, à cause des gants épais, Tom range le livre dans son sac à dos, met celui-ci sur son épaule et déclare :

– On a de l'air juste pour deux heures, je l'ai lu dans le livre. Dépêchons-nous de chercher le troisième objet pour Morgane !

– J'espère qu'on le trouvera !

– Moi aussi.

Tom se souvient soudain, non sans inquiétude, que la cabane magique ne les ramènera pas chez eux tant qu'il n'auront pas ce mystérieux objet.

– Allez ! On y va ! dit Léa en le poussant dans le dos.

– Ne me bouscule pas ! se fâche Tom. Si on tombe avec tout ça, on n'arrivera pas à se relever !

– Oui, oui ! Avance !

Elle s'approche à pas lourds de l'entrée du sas et déclame :
– Sésame, ouvre-toi !

Comme rien ne bouge, elle appuie sur le bouton vert. La porte coulisse. Tous deux entrent dans le sas. La porte se referme automatiquement dans leur dos. Un autre panneau glisse en silence devant eux.
Ils font un pas, un autre… Tom et Léa marchent sur la Lune !

4

Drôles de bêtes sur la Lune !

– Génial ! souffle Léa.

Elle avance encore, prudemment. Tom, lui, reste figé. Il préfère observer ce qui l'entoure avant d'aller plus loin. Le sol est recouvert d'une couche de fine poussière grise, où s'entrecroisent de multiples traces de pas, comme si des gens venaient juste de circuler autour de la base. Les scientifiques seraient-ils dans le coin ?

Tom sort le livre de son sac. Il lui paraît aussi léger qu'une plume.

Il l'ouvre et tombe sur la bonne page :

Sur la Lune, il n'y a pas d'air, donc ni pluie, ni vent. Ainsi, une trace de pas reste inscrite dans la poussière pour des millions et des millions d'années !

– Waouh ! fait Tom.

Il a l'impression d'être entré dans une image, immobile pour l'éternité. Il lève les yeux vers le ciel noir, où est suspendue une boule blanche et bleue : la Terre ! Incroyable ! Ils ont vraiment voyagé dans l'espace !

Le rire de Léa lui fait tourner la tête :

– Tom ! Hou, hou !

Elle s'amuse à sauter. Elle s'élève si haut qu'on croirait qu'elle va s'envoler. Elle retombe sur ses deux pieds pour rebondir de nouveau :

– Tu as vu ? Je suis un lapin de la Lune !

Tom rit aussi et se replonge dans le livre : comment expliquer à Léa ce phénomène ?

Il tourne quelques pages
et trouve le passage :

**Sur la Lune,
la pesanteur est
faible. Une personne
de soixante kilos
n'en pèse plus que dix
sur le sol lunaire.**

– Arrête de lire, Tom ! lui crie Léa.

Elle lui arrache le volume des mains
et le jette en l'air. Le livre s'envole comme
un oiseau. Tom s'élance pour le rattraper.
Et le voilà qui fait des bonds prodigieux !
Bong ! Bong !

– Hé, Léa ! s'esclaffe Tom. Moi, je suis un
kangourou de la Lune !

Chaque fois que ses pieds touchent le sol,
un gracieux nuage de poussière s'élève
avec lenteur.

Le livre s'est posé sur le bord d'un cratère sombre. Tom se penche pour l'attraper ; emporté par son élan, il dérape, s'affale à plat ventre. Il tente de se redresser, perd l'équilibre, retombe… Il essaie encore. Mais la couche de poussière est épaisse, il s'empêtre dans sa combinaison trop large.

Léa s'approche à lentes enjambées :

– Ça va ?

– Je n'arrive pas à me relever !

– Ça t'apprendra à faire l'idiot !

– Hé ! C'est toi qui as commencé ! Allez, aide-moi, s'il te plaît !

Sa sœur le rejoint, moitié flottant, moitié marchant.

– Doucement ! lui recommande Tom. Ne va pas t'étaler toi aussi !

– Donne-moi la main !

Léa s'arc-boute, tire son frère par le bras. Le voilà debout !

– Merci, souffle-t-il.

– C'était facile, tu es léger comme tout !

– Peut-être. Mais c'est impossible de se relever tout seul.

Il secoue la poussière de son livre. Une exclamation de Léa le fait sursauter :

– Regarde !

– Quoi ?

– En bas ! On dirait une voiture de course !

Au fond du cratère, un véhicule est garé. Il est équipé de quatre larges roues. Sur le côté, au bout d'une tige, s'ouvre une corolle en forme de parapluie. « Sans doute un radar », pense Tom.

– On fait un tour ? propose Léa.

– On n'a pas le temps. On n'a que deux heures d'autonomie, rappelle-toi !

– Justement ! On trouvera plus vite ce qu'on cherche !

Et elle commence à descendre la pente.

– Mais on ne sait pas conduire !

– Pfff ! Je suis sûre que je saurai conduire ça, affirme Léa. Ça n'a pas l'air bien compliqué. N'oublie pas que je suis championne aux autos tamponneuses ! Allez, viens !

La petite fille est déjà installée sur le siège.

– Mais…, mais…, s'affole Tom. On n'a pas le permis !

– On s'en fiche ! Il n'y a pas de routes sur la Lune, pas de feux rouges ni d'agents de la circulation.

« Elle a raison », pense Tom.

Il grimpe sur l'engin, s'assied près de sa sœur. Léa appuie sur un bouton.

Le véhicule recule brusquement.

– Freine ! crie Tom.

Léa enfonce une pédale. Le véhicule cale avec un soubresaut.

– Il doit être en marche arrière, dit Tom. Laisse-moi étudier ça.

Mais avant qu'il ait le temps d'étudier quoi que ce soit, Léa enfonce un autre bouton. Cette fois, l'engin se cabre, ses deux roues de devant dressées, et retombe lourdement sur le sol.

– Léa ! hurle Tom. Je t'ai dit de me laisser…

Léa ne l'écoute pas. Elle essaie tous les boutons. Tout à coup, le véhicule démarre et fonce droit devant lui.

– Léa ! Ralentis !

– Je ne peux pas ! Je ne sais pas comment on fait !

Agrippée au volant, la petite fille s'efforce de suivre les traces de roues incrustées sur le sol.

– Attention ! s'étrangle Tom.

L'engin jaillit d'un bond hors du cratère, soulevant d'énormes nuages de poussière qui restent suspendus derrière lui.

Un message de la Terre

De bosses en trous, le véhicule lancé à pleine vitesse avance en cahotant sur le sol lunaire. Les enfants ont l'impression d'être emportés par un cheval sauvage.

– Je vais passer par là, décide Léa en désignant une ouverture entre deux parois montagneuses.

De l'autre côté, le terrain est encore plus accidenté. Les soubresauts font bégayer Léa :

– Essayons de t-t-t-trouver l'-l'-l'objet pour Mor-Morgane !

Tom est bien trop occupé à se cramponner

à son siège pour chercher quoi que ce soit !

Il grogne :

– Ra-ralentis !

– Quoi ?

– Appuie sur la pé-pédale, l-là !

Léa enfonce le frein du bout du pied. L'engin perd de la vitesse, et Tom pousse un soupir de soulagement. Ils sont encore secoués, mais, au moins, ils peuvent prendre le temps de regarder le paysage.

Quel endroit étrange, nu et sans couleurs ! Pas de vert, pas de bleu, pas de rouge ! Pas d'arbres, pas d'eau, pas de nuages dans le ciel. Rien que des rocs et de la poussière grise, des cratères pleins d'ombre et... un drapeau américain !

– Arrête-toi, Léa ! s'écrie Tom. C'est le drapeau planté par les premiers hommes qui ont marché sur la Lune !

Léa dirige le véhicule vers le drapeau, elle freine. L'engin s'immobilise.

Les deux enfants sautent de leur siège.
À longues et lentes enjambées, ils appro-
chent du site du premier alunissage. Près
du drapeau, il y a une inscription, que Léa
déchiffre à haute voix :

ICI DES HOMMES DE LA PLANÈTE
TERRE ONT POSÉ LE PIED SUR
LA LUNE POUR LA PREMIÈRE FOIS.
JUILLET 1969.
NOUS SOMMES VENUS EN PAIX
AU NOM DE TOUTE L'HUMANITÉ.

– C'est un beau message, commente Tom.
Il tend à sa sœur le livre sur la Lune, sort
son carnet et son crayon et s'applique à
recopier le texte.

– Si on laissait notre message à nous ?
propose Léa.

– Qu'est-ce qu'on peut dire ?

– Qu'on est les premiers
enfants !

Tom écrit leur message en grosses lettres sur une page blanche de son carnet.
– Il faut signer ! dit Léa.
Tom signe. Il passe le crayon à sa sœur, qui signe à son tour. Puis Tom arrache la page et la pose au pied du drapeau :

AUJOURD'HUI,
LES PREMIERS ENFANTS
DE LA PLANÈTE TERRE
SE SONT POSÉS SUR LA LUNE.
NOUS VENONS EN PAIX
AU NOM DE TOUS
LES ENFANTS !

Tom   Léa

Les enfants se regardent, un peu émus. Dire qu'aucun souffle de vent n'emportera leur message, qu'aucune pluie ne l'effacera ! Il restera ici pour l'éternité !

L'éternité ! C'est un mot qui donne le vertige. Tom secoue la tête pour s'éclaircir les idées. Et, tout à coup, il se souvient : ils n'ont que deux heures d'autonomie ! Depuis combien de temps ont-ils quitté la base ?

– J'aurais dû prendre ma montre, murmure-t-il.

À cet instant, Léa pousse un cri :

– Là ! Un homme de la Lune !

– Hein ?

C'est vrai ! À l'horizon, une silhouette blanche se détache sur le ciel noir. On dirait un géant revêtu d'une combinaison spatiale !

Un grand bond

– Qui est-ce ? souffle Tom.

– Aucune idée, dit Léa. Mais on va bientôt le savoir.

Elle se met à faire de grands gestes :

– Hou, hou !

Tom lui attrape les bras :

– Arrête ! Retournons à la base avant qu'il nous ait repérés !

– Pourquoi ?

– Parce qu'on ne le connaît pas ! Il est peut-être méchant, ou dangereux, ou…

– On ne peut pas abandonner maintenant !

proteste Léa. On n'a pas trouvé l'objet pour Morgane ! Et tant qu'on ne l'a pas trouvé, on ne peut pas rentrer à la maison, tu le sais bien !

– Ce n'est pas la question ! À la base, on peut s'enfermer et attendre que ce type s'en aille. Ensuite, on prendra de nouvelles réserves d'air et on repartira en expédition.

Tom court vers le véhicule et saute sur le siège du conducteur :

– Dépêche-toi !

Léa fait un dernier signe à la silhouette lointaine et suit son frère à regret. Le véhicule démarre avec un soubresaut.

– Doucement ! grogne Léa.

Tom fait demi-tour et fonce, évitant de justesse les cratères et les blocs de rochers. De nouveau, ils rebondissent sur des creux et des bosses ; plus d'une fois, le véhicule manque de verser.

– Ralentis ! crie Léa.

Ils sont presque arrivés au passage qu'ils ont pris à l'aller quand, brusquement, un épais nuage de poussière les enveloppe. Le sol tremble.

– Freine ! hurle Léa.

Tom est complètement aveuglé. Il appuie sur la pédale du frein. Le véhicule cale. La nuée de poussière se dissipe peu à peu. Un énorme bloc est tombé au beau milieu du passage, entre les deux parois rocheuses.

– Ça doit être un météorite, dit Tom. J'ai lu dans le livre qu'il en tombait tout le temps, sur la Lune.

– C'est quoi, un météorite ?

– C'est une roche venue de l'espace.

– Heureusement qu'elle ne s'est pas écrasée sur nous, celle-là !

– Oui. Mais, en attendant, on est piégés.

Léa descend du véhicule et s'approche du météorite. Il est deux fois plus grand qu'elle !

– Ce n'est sûrement pas ça, le truc pour Morgane, murmure la petite fille. C'est trop gros !

Tom scrute le ciel obscur. La silhouette blanche a disparu.

– On n'a qu'à sauter par-dessus ! propose Léa.

– Impossible, c'est trop haut !

– Ah ? Je croyais que tu étais un kangourou de l'espace !

– Très drôle…, grommelle Tom.

– Moi, en tout cas, j'essaie !

– Attends ! Réfléchissons d'abord !

Mais Léa recule déjà pour prendre de l'élan :

– Un, deux, trois, partez !

En trois enjambées, elle est devant le
météorite. D'une formidable détente, elle
s'arrache du sol, s'élève et disparaît derrière l'énorme masse.

– Léa ! crie Tom.

Pas de réponse.

– Oh, celle -là ! marmonne le garçon.

Tom n'a plus qu'à imiter sa sœur. Il prend son élan, bondit. Incroyable ! Il s'envole !

Il retombe gracieusement de l'autre côté.
Mais, en touchant le sol, il perd l'équilibre
et se retrouve à plat ventre dans la poussière. Tom tente de se remettre sur ses
pieds. Impossible. Il veut rouler sur le
côté. Seulement, avec cette encombrante
combinaison, ça ne va pas mieux.

– Oh non, grogne-t-il. Ça ne va pas
recommencer !

– Tom ? Tu as réussi ?

Tom est soulagé d'entendre la voix de Léa, même s'il n'arrive pas à tourner la tête vers elle.

– Tu m'aides à me relever ?

– Je ne peux pas, répond Léa. Je suis tombée à plat ventre.

– Nous voilà bien ! soupire Tom.

Il fait encore une tentative. Rien à faire.

– Est-ce que tu vois quelque chose ?

– Juste un bout de ciel !

– Je me demande ce qu'il nous reste comme oxygène…

À cet instant, il entend la voix de sa sœur chevroter dans ses écouteurs :

– Tom ! Il… il est là !

– Quoi ?

– L'homme de la Lune ! Il est là !

– Hein ?

– Il est debout devant moi !

7

L'homme de la Lune

Tom sent son cœur faire un bond dans sa poitrine. Il entend Léa parler.

– Salut ! dit-elle. Nous venons en amis !

Il y a un silence. Puis Léa reprend :

– Merci ! Attendez une minute, j'aide mon frère à se relever !

Tom sent qu'on le pousse, qu'on le roule sur le dos. Puis Léa lui attrape les mains, le tire. Hop ! Le voilà sur ses pieds !

– Merci ! dit-il.

L'homme de la Lune est là, à quelques pas. Son visage est caché par un masque

de métal. Il ressemble à un cosmonaute, mais un cosmonaute géant. La réserve d'oxygène qu'il porte sur le dos a la taille d'un réfrigérateur !

– Êtes-vous un homme du futur ? demande Tom. Votre équipement, c'est une sorte de mini-vaisseau, non ?

Le géant ne répond pas.

– Il ne nous entend pas, dit Léa.

– Il n'est pas branché sur notre fréquence radio, suppose Tom. Je vais lui écrire un mot.

– Bonne idée !

Tom sort son carnet et son crayon, et il écrit en lettres majuscules :

NOUS SOMMES TOM ET LÉA.
NOUS VENONS DE LA TERRE.
ET VOUS ?

Tom tend le carnet et le crayon à l'homme de la Lune. Ils paraissent ridicules dans son énorme main.

Le géant regarde le message. Il regarde le tout petit crayon. Puis il ouvre le carnet à une autre page et lentement, soigneusement, il trace quelque chose sur le papier. Puis il rend le carnet à Tom.

Les deux enfants se penchent sur le message :

– Des étoiles ! dit Léa. Il a dessiné des étoiles !

– C'est peut-être une carte du ciel ?

– Une carte du ciel ? répète Léa. Hé, Tom ! Il y a un « R » dans *carte* !

– Tu as raison ! C'est sûrement l'objet qu'on cherche ! Demandons-lui ce que ça veut dire.

– On ne le saura jamais, soupire Léa. Regarde !

Tom tourne la tête. L'homme de la Lune est parti. Il flotte déjà très loin, au-dessus de la montagne, petite tache blanche dans le ciel noir.

– Au revoir ! crie Léa. Et merci !

Le secret
des étoiles

– Qui c'était, ce type ? demande Tom. Et que signifie cette carte ?

– Je n'en sais rien, dit Léa. On n'a qu'à rentrer à la cabane et voir si ça marche !

– Oui. Et dépêchons-nous ! Bientôt, on sera à court d'oxygène. Il me semble que j'ai déjà du mal à respirer.

– Moi aussi !

Ils reprennent le chemin de la base à longues enjambées régulières en économisant leur souffle autant que possible. Quand ils arrivent enfin à l'entrée du dôme, ils sont presque hors d'haleine. Léa appuie sur un bouton, la porte coulisse. Les deux enfants pénètrent dans le sas. La porte extérieure se referme derrière eux ; puis celle du hall s'ouvre à son tour.

À peine entré, Tom enlève son casque, respire à fond :

– Aaaaaah ! Ça fait du bien !

– Débarrassons-nous de ces combinaisons ! dit Léa.

Ils se dirigent vers la réserve pour y ranger leur équipement. Comme ils se sentent lourds, maintenant qu'ils ont retrouvé leur poids habituel ! Ils s'aident l'un l'autre à retirer casques, gants, bottes, et libèrent enfin leurs bras et leurs jambes de leurs embarrassants costumes de cosmo-nautes.

– Ouf ! soupire Tom en ôtant ses lunettes pour se frotter les yeux. Je me sens mieux comme ça, même si c'était rigolo de sauter comme un kangourou de l'espace !

Léa court déjà vers la cabane :

– Dépêche-toi, Tom ! Cacahuète doit s'im-patienter !

Ils empruntent le corridor, descendent les marches qui mènent à la grande salle et constatent avec soulagement que la cabane est toujours là. Même si aucun des deux n'ose l'avouer, ils ont hâte d'être de retour chez eux. La Lune est un lieu un

peu trop solitaire à leur goût ! L'un après
l'autre, ils passent par la fenêtre.

– C'est nous, Cacahuète ! s'écrie Léa.

– Kiiiiiiii ! fait la souris.

Et elle court s'asseoir sur le grand M
dessiné sur le plancher.

– Tu sais qui on a rencontré ? dit Léa en
caressant du bout du doigt la tête de la
petite bête. Un homme de la Lune !

– Pousse-toi un peu, Cacahuète, intervient
Tom. Il faut que je pose cette carte sur le M.

Léa prend la souris dans sa main. Tom
sort son carnet de son sac, détache
la page où l'homme de la Lune
a dessiné les étoiles. Il la pose
sur le M, à côté de la mangue et
de la flûte en os rapportées
de leurs précédentes expéditions. Puis il s'assied sur le plancher avec un soupir et dit
à sa sœur :

– Passe-moi le livre avec l'image du bois de Belleville, qu'on rentre chez nous !

Léa ne répond pas.

– Léa ?

– On a un problème, Tom. Je ne vois le livre nulle part !

– Quoi ? La carte n'est pas le bon objet ? Pourtant, il nous fallait quelque chose avec un « R ». Il y a bien un « R » dans *carte* ! Cherche mieux !

Il se lève, et tous deux inspectent chaque recoin de la cabane.

Peine perdue. Le livre n'y est pas !

– Oh non ! gémit Tom.

Il reprend la carte et l'examine tout en réfléchissant.

– Pourtant, grommelle-t-il, c'est sûrement ça...

– Kiiiiiiii ! Kiiiiiiii !

La souris s'échappe de la main de Léa, saute sur le plancher et court s'asseoir de nouveau sur la lettre M.

– J'ai peut-être une idée, murmure Tom.

Il fouille dans son sac et en sort son crayon.

– Qu'est-ce que tu veux faire ? demande Léa.

– Tu vas voir ! Tu sais comment on dessine une constellation ? On réunit les étoiles entre elles par un trait. Voyons un peu ce que ça donne…

Tom pose son crayon sur le papier et commence à dessiner, très concentré.

– Voilà ! déclare-t-il enfin.

– Montre !

Il tend le papier à Léa.

– On dirait une souris.

– Exactement !

– Ça existe, la constellation de la Souris ?

– Pas que je sache…

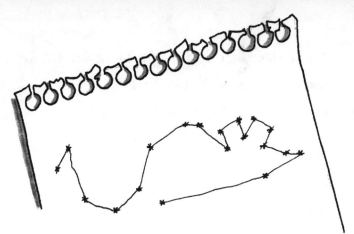

– Kiiiiiiii !

Tom et Léa se tournent vers Cacahuète. La souris est toujours assise sur le M. Elle fixe les enfants de ses petits yeux brillants. On dirait qu'elle veut leur dire quelque chose.

– Tom, souffle Léa, je crois bien que j'ai compris...

– Moi aussi !

Il pose de nouveau sur le M la carte, où les étoiles dessinent la forme de souris, et il épèle : M.O.R.G.A.N.E. Morgane !

– Morgane ! Morgane ! appelle Léa chantonnant. Morgane !

Soudain, un éclair frappe la cabane. Une clarté intense l'emplit tout entière. Et, peu à peu, une haute silhouette lumineuse apparaît devant les yeux éblouis des enfants. Cacahuète, la souris, a disparu : à sa place se tient Morgane, la fée.

9

La fée Morgane

— Merci, dit doucement la fée. Vous m'avez délivrée du mauvais sort lancé par un méchant magicien.

Tom est si ému qu'il reste sans voix. Mais Léa s'écrie :

— Alors, Cacahuète, c'était vous !

Morgane hoche la tête en souriant.

— Et vous nous avez accompagnés dans nos trois expéditions !

Morgane acquiesce de nouveau.

— Mais pourquoi nous avoir suivis partout ? demande enfin Tom. C'était très dangereux,

pour une souris ! Vous auriez pu être avalée par un serpent dans la forêt amazonienne, ou mourir de froid dans la neige de l'époque glaciaire ! Et ici, sur la Lune, vous ne pouviez pas sortir de la base, sans combinaison spatiale ! Pourquoi vous ne nous avez pas attendus dans le bois de Belleville ?

– Parce que je devais faire signe à… des amis à moi qui étaient là pour vous aider.

Léa se tape le front :

– Je comprends ! Le singe, le sorcier, l'homme de la Lune, c'étaient vos amis !

– Heureusement qu'ils étaient là, dit Tom. Sans eux, on n'aurait jamais pu revenir à la cabane !

– Et... ils parlaient tous le langage souris ? s'étonne Léa.

Morgane se met à rire :

– Certains êtres comprennent le langage des plus petites créatures.

– Mais, intervient Tom, qui vous a transformée en souris ?

– Un... un personnage, répond la fée en fronçant les sourcils, qui a l'habitude de me jouer des tours. Il s'appelle Merlin.

– Merlin ! s'exclame Tom. Le plus puissant des magiciens !

Morgane réplique avec une moue vexée :

– Il n'est pas si puissant que ça ! Il n'a même pas découvert que j'avais deux jeunes amis très courageux, prêts à tout pour me délivrer !

– Nous ? demande timidement Léa.

La fée la regarde en souriant :

– Oui, vous ! Et je vous remercie de tout mon cœur.

Morgane tend aux enfants le livre sur leur région, qui vient d'apparaître comme par magie dans sa main :

– Voulez-vous rentrer chez vous, maintenant ?

– Oh oui ! s'écrient-ils d'une seule voix.

Léa pose son doigt sur l'image du bois de Belleville et dit :

– Nous souhaitons revenir dans notre bois !

Aussitôt, comme au bout de chaque aventure, le vent se met à souffler, la cabane commence à tourner. Elle tourne plus vite, de plus en plus vite… Puis tout s'arrête. Le silence est total. Pas pour longtemps.

10

Sur la planète Terre

Il est minuit. Les bois s'animent soudain : les feuilles bruissent dans le vent. Une chouette ulule. Au loin, un renard glapit. Des grillons invisibles grésillent en chœur. Que de vie sur la Terre !

Tom essuie ses lunettes, les remet sur son nez. Il sourit en constatant que Morgane est encore là. La lumière de la lune allume des reflets d'argent dans sa longue chevelure blanche.

– Morgane, demande Léa, est-ce que vous allez rester ici, dans notre bois, avec la cabane magique et tous les livres ?

– Non, malheureusement, je dois repartir. J'ai été trop longtemps absente du royaume de mon frère, le roi Arthur, et du château de Camelot.

La fée effleure de sa main douce et fraîche la joue de Tom.

– Une petite trace de poussière de Lune ! dit-elle avec un sourire. Merci pour tout, Tom ! Garde toujours ta passion des livres et de la connaissance !

Ensuite, elle se tourne vers Léa et tire gentiment sur une mèche de ses cheveux :

– Merci à toi aussi, Léa, toi qui oses croire à l'impossible !

– Je suis contente de vous avoir connue, Morgane, répond la petite fille.

– Rentrez vite chez vous, maintenant !
Chez eux, c'est ici, sur la Terre, cette planète si belle, si vivante, si colorée !

– Au revoir, Morgane ! dit
Léa en se dirigeant vers
la trappe.
Elle commence à
descendre par
l'échelle de
corde. Tom
met son sac
sur son dos, il se tourne
une dernière fois vers
la fée :

– Vous reviendrez ?

– Qui sait ! L'univers est rempli
de merveilles, et la vie réserve bien des
surprises, n'est-ce pas, Tom ?
Il hoche la tête d'un air grave.

– Va maintenant, dit doucement Morgane.
Au moment où Tom prend pied sur l'herbe,

un coup de vent secoue les arbres. Un étrange rugissement s'élève. Tom ferme les yeux et se bouche les oreilles avec les mains. Puis tout se tait.

Tom desserre les paupières. L'échelle de corde a disparu. Là-haut, sur la plus haute branche du chêne, où une minute plus tôt se tenait encore la cabane magique, il n'y a plus rien. Rien que la lune qui brille entre les feuilles.

– Au revoir, Morgane, murmure-t-il tristement.

– Au revoir, Cacahuète, dit Léa avec un clin d'œil.

Les enfants restent un moment

à regarder la cime de l'arbre. Léa réagit la première :

– Bon, on y va ?

Ils reprennent le chemin de la maison. L'air frais de la nuit est tout bruissant de la mystérieuse vie du sous-bois. Quand ils arrivent dans leur rue, Léa lève la tête et observe :

– Qu'elle est loin, la Lune !

– Oui, dit Tom.

Et il pense : « Si loin, et si près ! »

– Je me demande comment il se débrouille, tout seul, là-haut, l'homme de la Lune, poursuit Léa.

– Comment ça ?

– Eh bien, qui l'aide à enfiler sa combinaison spatiale ? Et à se relever quand il tombe ?

– Moi, je me demande surtout qui il est !

– Un visiteur venu d'une autre galaxie, évidemment !

– Impossible ! On n'a jamais trouvé aucune trace d'êtres extra-terrestres.

– Pas jusqu'à présent. Mais nous, on revient du futur !

– C'est vrai, lâche Tom.

Tom et Léa traversent leur jardin, ils poussent la porte de derrière, se glissent sans bruit dans la maison.

Sur le seuil, Tom jette un dernier regard vers le ciel piqueté d'étoiles.

Léa a-t-elle raison ? Ont-ils rencontré un extra-terrestre ? Les paroles de Morgane lui reviennent en mémoire : « L'univers est rempli de merveilles, et la vie réserve bien des surprises, n'est-ce pas, Tom ? »

– Bonne nuit, Monsieur du Futur ! murmure-t-il.

Et il ferme la porte.

Fin

✦ ✦ ✦ ✦ ✦ ✦ ✦ ✦ ✦ ✦ ✦ ✦

Tu peux suivre

de nouvelles aventures
de Tom et Léa

au fil de quatre volumes :

✦ ✦ ✦ ✦ ✦ ✦ ✦ ✦ ✦ ✦ ✦ ✦